Benno Camenzind

GOTTSCHALKENBERG

… eine Atempause träumen

Erzählung

Bibliografische Information der Deutschen Nationalbibliothek: Die Deutsche Nationalbibliothek verzeichnet diese Publikation in der Deutschen Nationalbibliografie; detaillierte bibliografische Daten sind im Internet über http://dnb.d-nb.de

Für Ingrid

Unversehens öffnete sich dem Wanderer der von ihm ersehnte Weitblick. Die abwechselnd mal dichteren, mal lichteren Waldpartien hatte er nun hinter sich. Jetzt wieder in die Helle zu treten war ihm angenehm und er blieb vorerst einmal stehen. Der Ausblick in die Ferne, von diesem Aussichtspunkt aus, wirkte zu seiner Überraschung wie noch nie gesehen. Die Gegend kannte er jedoch, andere Wege war er da schon gegangen; es zog ihn immer wieder dahin und jedes Mal war die Genugtuung gross. – Der Gottschalkenberg war zunehmend zu seinem lieb gewonnenen Wanderberg herangereift.

Verborgen, als ob sie sich duckte, erblickte er eine verwitterte Holzbank, von einem beachtlichen, eher ausgedünnten und überaus knorrigen Holunderstrauch überragt, dessen Trugdolden sich unreif zeigten und der sich im Schutze eines ausladenden Bergahorns ausbreitete. *Am rechten Ort zur richtigen Zeit*, dachte er und liess sich auf die Bank nieder.

Dieser Ruheplatz überragte ein weites Blickfeld. Gleich unter ihm zeigte sich ein grasiger, für eine Viehweide viel zu steiler Abhang und ein paar Hundert Schritte entfernter standen einige wenige Behausungen, deren flechtenbedeckte Ziegeldächer, Rechtecke und Quadrate er wahrnahm. Sein unangestrengtes Spähen erkannte etwas weiter entfernt eine Ansammlung von Gebäuden am Waldrand, kaum auszumachen im Gegenlicht und im Schatten der Tannen; davor aber, gut erkennbar, waren in stockwerkhohen Anhäufungen gelagerte Baumstämme zu sehen; Rundhölzer und vorderseitig des von der Sonne beschienenen Hauptgebäudes gesägte Bretter und Balken, gestapelt in mehreren Lagen. Schrilles Sägen ertönte – oder war es ein Fräsen? Weiter ab, viel weiter, bot sich ihm der anregende, wolkenlose Panoramablick auf die Innerschweizer Berglandschaft. Die schneebedeckten Firne – sie zu zählen wäre wohl aussichtslos, zu verschachtelt, voreinander gestellt, hintereinander aufgetürmt zeigten sie sich. Doch vermochte er dem einen oder andern Gipfel den Namen zuzuordnen, hatte er doch einige von ihnen schon bestiegen.

Er hatte Erinnerungen.

Näher zum Betrachter hin waren, laienbühnenartigen Kulissen nicht unähnlich, violett dunkle Waldpartien und grüne, teilweise schon ins Bräunliche sich zeigende Alpweiden über der Waldgrenze zu erspähen; Voralpenberge, Hügelzüge und Hügelkuppen eigentlich nur, und da und dort wie Wunden in die Hänge gerissene Lawinenzüge, Wildbachläufe, Gesteinsrinnen oft nur und unweit im Talboden lag der See.
Seiner Augen Freude, seiner Sinne Lust, wollte er jauchzen! Aber dazu wäre seine Stimme dann doch zu dünn angelegt und könnte seinem momentanen Emp-

7

finden kaum genügend Ausdruck verleihen. Er war dabei eine anregende Augen-Wanderung zu unternehmen, im heimatlichen Bilderbuch zu blättern und dabei sinnvollerweise den Beinen eine Ruhepause zu gönnen.

So mochte er es!

Unten in der Siedlung bemerkte er Bewegung. Ein Mann trat hinter einem der Häuser hervor, Gartenwerkzeuge unter die Arme geklemmt, der ein Gartentor aufstiess, in den Hausgarten stapfte, einen Behälter niederlegte, zu harken begann und sich ab und zu bückte, offensichtlich Gartenarbeit verrichtete.

Die Blicke des auf der Bank Niedergelassenen blieben am anstelligen Gärtner haften. Dem Wanderer war das sich vor ihm Abspielende, das er zunehmend leicht besorgt betrachtete, ein Erinnern an den eigenen, vernachlässigten Garten. Wanderungen der Gartenarbeit vorzuziehen sei wohl Ausrede, Ersatzhandlung, musste er sich eingestehen. *Aber wenn meine Unterlassung nicht mir, so wird sie wohl den Insekten und ihren Larven und somit auch den gartenbesuchenden Vögeln als zukünftigen Winterfutterplatz zugutekommen*, sagte er sich, was wieder Wohlbehagen in ihm aufkommen liess.

Ein Auto kurvte in mässiger Geschwindigkeit eine eher steile Strasse aufwärts, nicht asphaltiert, dem Staub nach zu schliessen, den der Wagen hinter sich herzog. Er verschwand im Schattenwald des gegenüberliegenden Hügelzuges.

Moränenlandschaften, kultivierte Hügeläcker und Hangwiesen, Blumen- und Hausgärten sonnten sich in dieser Voralpen-Gegend, der das Anhaften leichter Schwermütigkeit nicht abzusprechen war. Wenige Bauerngehöfte waren da, auf Abstandhalten bedacht, in den Senken gegen den Nordwind geschützt, vor langen Jahren erstellt, braun gebrannt und mit hinzugebauten metallenen Silo-Türmen neueren

Datums. Zu jedem Hof war der nötige Fahrweg angelegt, der helle Pinselstriche ins grüne Allgemeine
zeichnete. Das alles machte diese Landschaft aus.
Mostbirnen- und Nussbäume – hochstämmig, schon
recht ins Alter gekommene, stattliche Einzelwesen –
nahm er als eine weitere Eigenheit dieses vielseitigen
Eindrucks wahr.

Der ruhende Wanderer dachte über das Alter der hie-
sigen Höfe nach, über die Zeiträume, die vergangen
sein mochten, seit der ersten Besiedlung dieses präch-
tigen Stücks Natur. Vor zwanzigtausend Jahren wäre
es wohl nicht angebracht gewesen sich hier niederzu-
lassen, hier lag damals Eis, da war er sich sicher. Glet-
schereis, ähnlich einer Landschaft Grönlands, und es
begann ihn zu frösteln, obwohl die Sonne ihm noch
ins Gesicht schien. Eine weite, weisse Frostlandschaft
stellte er sich vor und sinnierte, vielmehr kam eine
Frage auf: Lebten schon Tiere hier, in jenen fernen
Zeiten? Vielleicht Eisbären? Könnte sein! Er musste

lächeln. Die ersten Zweibeiner – Menschen, Jäger, Nomaden: Wann begannen die sich hier anzusiedeln?

Er versuchte weiter sich diese Landschaft vor einigen Tausend Jahren vorzustellen. Wirklich, waren dazumal keine einzigen menschlichen Spuren in der Gegend auszumachen? Weder Behausungen noch Wege zu erspähen? War der See da unten etwa zugefroren? Kaum. Lauter Fragen, und das Fragen erstarrte und blieb ohne Antworten. Doch, war er sich gewiss, vor zweitausend Jahren müssten sich in der Gegend wohl schon Sippen sich aufgehalten haben, die sich Helvetier nannten.

Es liess ihm keine Ruhe und er legte sich zurecht, dass von nördlichen, südwärts ziehenden Völkerstämmen seine eigentlichen Vorfahren aus eben dieser Gegend vertrieben worden waren. Diesen Verdrängten blieb wiederum nichts anderes übrig als ebenfalls weiterzuziehen, auch wieder dem Süden zu. Sie stiessen dabei auf Römerheere, wurden in der Region des heutigen Burgunds von einem römischen Offizier namens Cäsar besiegt und nach Hause geschickt: zurück zu ihren vorab eigens abgebrannten Heimstätten. So hatte er es noch im Kopf und dachte: eigentlich kein Ruhmesblatt unserer Vorgeschichte. Sein Lächeln zog sich zurück.

Diesen Ausflug wollte er aber nicht in Verstimmung über nicht erhaltene Antworten verderben. Nein, heute hatte er eine Bergwanderung unternommen, aus freien Stücken, war unbesorgt und das behagliche Geniessen festigte sich.

Doch sich so ganz dem Sonnen hinzugeben war ihm nicht gegönnt, das Fragen liess keineswegs ab ihn zu bedrängen und verlangte nach Aufklärung: Eine Bergwanderung im üblichen Sinn war es keineswegs; jedermann war ja zur Genüge bekannt, wie eine richtige Bergwanderung auszusehen hatte. Kein Zweifel: Der Gottschalkenberg, auch wenn er sich Berg nannte, war kein Berg, eher ein markanter Moränenhügel. Mit dieser Feststellung trat er wohl niemandem zu nahe.

Nein, mit einiger Bestimmtheit legte er, der eigentlich nicht sehr zum Nachdenken neigende, eher denkträge Lagerer sich zurecht: Gott schuf mit Schalk im Nacken diesen Berg! Es sind die Menschen; die benennen die Dinge, geben ihnen Namen. Irgendwann in grauer Vorzeit taufte diese Geländeerhebung möglicherweise ein Gottschalk mit Namen, sich in dieser Gegend niedergelassen, der sich diesen Moränenhügel als Berg vorstellte und auf diese Weise seinen Familienstamm verewigte. Es könnte ja auch sein, sogar sein Eigentum darstellte. Und da die Benennung, einmal festgehalten, verbrieft und auf Landkarten gedruckt wurde, war diese für ewige Zeiten dem Hügel zueigen. *Er stirbt ja nicht, dieser Gottschalkenberg, wie wir, wie ich eines Tages, und der Name verschwindet,* sagte er sich. *Landschaften überleben uns Menschen Vorstellbares; deswegen sind wir ihnen wahrscheinlich auch so zugetan.*

Und noch eine weitere Begründung kam dem Wanderer in den Sinn: In der freien Natur fühlt sich der Mensch dem Ewigen wohl näher. Und ist es nicht so, das dem Menschen, umgeben von weniger schnell Vergänglichem, behaglicher wird, was möglicherweise den Grund darstellt, warum diese geheimnisvolle Anziehung, die auf ihn einzuwirken vermag, ihm Bleibe und Heimstatt vermittelt oder vorgaukelt? Und es war anzunehmen, dass dies auf einen der Gründe hindeutete, warum er sich heute, einmal mehr, auf diese Wanderung begeben hatte.

Nun, da die Eismassen geschmolzen (zu seiner uneingeschränkten, wohltuenden Freude), zeigte sich allerorten liebliches Grün, betupfte da und dort die Landschaft mit farbigen Feldblumen; Gehölze, Gehege, Gehöfte waren wie für Auge und Gemüt bestimmt.

Er fuhr fort, eher ein Spintisieren war es nun. Es war anzunehmen, dass eine behagliche Müdigkeit wirkte und ihn tagträumen liess: Ein Hügel wie dieser Gottschalkenberg oder eine andere, vielleicht tausend Meter hohe Erhebung, müsste man in Flachländern, wie

Holland oder Dänemark, umbenennen in Goldschenkerberg. Eine Gold bringende Attraktion wäre es dort allemal. *Ich glaube*, sagte er sich, *wir Schweizer müssten diesen bedauernswerten, berglosen Ländern einen von unseren zu vielen schenken. Das könnte zu gutem nachbarlichen Nebeneinander beitragen*, meinte er. *Nur: Die Beschenkten müssten dazu gebracht werden, zumindest den Transport zu übernehmen; diese Länder sind ja wohlbekannte und ausgewiesene Transporteure. Wir Schweizer jedoch, als Bergdurchbohringenieure nicht zu unterschätzen, wären eher für die Abtragung zuständig. Berge zu versetzen wäre keine allzu abwegige Zukunftsunternehmung für uns Schweizer. Bezahlen würden es, oder genauer gesagt müssten es die Enkel. So wird es allgemein gehandhabt zurzeit. Dieser Brauch Schulden zu hinterlassen hat sich mittlerweile zu einer Art politischer Tugend gefestigt. Es ist zu hoffen, dass es genügend Enkel und Enkelinnen geben wird in nicht allzu ferner Zeit. Aber wir, die heute Lebenden, die Schuldenverursacher,* werden

dann verschwunden sein und keiner unserer Nach-
kommen wird uns dann die Zunge rausstrecken, wahr-
scheinlicher eher die Faust zeigen. Zu diesem Gedanken war halbwegs wieder ein Lächeln erlaubt.

Die Sonne war jetzt auf Augenhöhe, die Schatten in die Länge gezogen; in seinem Rücken kroch die Kühle hoch und erinnerten ihn daran sich aufzumachen, den Ausgangsort von heute Morgen zu erreichen.

Einen Weg gab es nun nicht mehr, er endete tatsächlich hier am Waldrandsitz. Es bestand aber die Möglichkeit querfeldein abzusteigen, zu einem Heuschober, nicht all zu weit unter ihm gelegen. Das schien ihm rechtens, zumal er dort einen überwachsenen, kaum mehr zu erkennenden Fuhrweg zu erspähen meinte.

Der Heugaden entpuppte sich, nicht überraschend, als ein geschickt getarntes Wochenendhäuschen und der alte Zufahrtsweg, dem er nun zu folgen vermochte, endete bereits wieder am nächsten Waldrand.

Er irrte umher und stiess auf einen Trampelpfad, von Brombeerdornengestrüpp überwuchert, die Ranken krallten sich an seinen Hosenbeinen fest; später war er besser zu erkennen und bequemer zu begehen, doch verlief sich dieser in zwei Richtungen: einmal ins Gehölz, wohl eher ein Forstweg, zudem bergauf führend, der andere schien ins Tal zu weisen. Den zu gehen entschloss der Wanderer sich.

Einen bewaldeten Schräghang entlang ging es in Kehren abwärts. Je weiter er kam, umso feuchter wurde der Grund, forderte Aufmerksamkeit in zunehmendem Masse. Nassfaule Wurzelschlangen, teils lehmbedeckt, waren kein geeigneter Boden, sich unmässig zur Eile treiben zu lassen. Es gab Farne, riesige Wedel tragend, Moospolster luden ein sich hinlegen, verführerisch; rote Beeren tragende Sträucher wurden überragt von recht hohen Rottannen, dazu ein Gemisch von Ebereschen, den Lieblingen vieler Vögel, und Haselstauden, Nahrungsplätze der Häher, säumten den Steg. Sonnenlicht, golden warm in schrägem Winkel durch vielfältiges Blätterwerk dringend und noch späte Helle spendend, fiel auf den Waldboden des Gegenhanges. Auf seiner Abhangseite, der Pfad verlief im Schatten, wurde es zunehmend dunkler, je tiefer er in die Schlucht vordrang. Einiges unter ihm war ein Bach, eher zu hören als zu sehen. Bemooste Steinblöcke – alte urtümliche Gebilde – und Laubbäumen, deren flechtenbewachsene Stämme mitunter Äste trugen, die den Boden berührten, säumten seinen Weg. Gesteinsblöcke in märchenhaften Formen, Tierfiguren gleich – er meinte einen ruhenden Elefanten zu erkennen – und Fratzengesichter (wehe es wäre Nacht) zeigten sich ihm. Altholz, teilweise vermodert, lag unter- und übereinander, oftmals entrindet. Er mochte den Fäulnisgeruch des Holzes, das Schimmern im schlammigen Morast und das Hähergekrächze im Geäst. Eine

Amsel schreckte er auf und fuhr durch ihr Flattern und verstörtes Quieken selbst erschauernd zusammen.

Er liebte diese Stimmung.

Dies müsste ein urzeitlicher Pfad, ein versteckter Zugang zu den obersten Gehöften am Gottschalkenberg sein, legte er sich zurecht. Kein üblicher, verkommener oder vergessen geratener Saumweg, oft noch vorhanden in den Voralpen, bevor man begann ihn wieder zu restaurieren und als Wanderweg zu öffnen; nein, eher ein Steg für berggewandte Menschen, seit alters her als Abkürzung zu ihren Berggehöften gedacht und genutzt.

Er hielt inne.

Unten in der Schluchtsohle angelangt, zerklüftet und von einer fühlbaren Feuchtigkeit durchdrungen, vor dem Überqueren des Wildbaches, auf einer der seltenen Ebenen, verwehrte ihm ein bewachsener Brocken von einem Felsen das leichte Weitergehen. Obenauf erhaben, hatte eine wildwüchsige, einsame Fichte Platz zum Gedeihen gefunden. Hier staute sich der Wasserlauf, der gezwungenermassen den Steinbrocken zu umfliessen hatte und in Wirbeln und Schäumen einiges Geröll ablagerte. Daselbst zu verweilen bei Gewittern müsste Todesgefahr bedeuten.

Doch heute, der Tag zeigte sich lieblich –nicht heiss noch hell –, war Gewittergefahr ausgeschlossen. So legte er ab und setzte sich auf einen der blank gescheuerten Steine. Verlockendes Sonnenlichtspiel, tief einfallend durch Blätter- und Tannenzweige, verzauberte seinen Lagerplatz. Der sprudelnde und spritzende Bach schwatzte und trällerte und vermochte dem heimlichen, unheimlichen Ort einen gesteigerten Reiz der Abgeschiedenheit, aber auch der Sinnlichkeit zu verleihen.

Durstig war der Wanderer eigentlich nicht, aber das quellfrische, einladende Bergbachwasser war zu verführerisch um nicht einen Schluck davon zu probieren; nur einen Handtellergrossen, denn mehr brauchte er nicht – und mehr brauchte es nicht – um den Blick einen kurzen Moment auf einer Vision, so schien es ihm, verweilen zu lassen. Er sah Wunderliches. Er meinte in Blendwerk, einem seltsamen Bildwerk verfallen zu sein. Ganz ohne Willen, ohne irgendwelche Wunschbilder, die im Spiel hätten sein können, war auf der gegenüberliegenden Seite des Gewässers, auf der Lichtseite des Hanges, auf ebenem, moospolsterigem Boden, halb verdeckt von einem einzelnen, tief hängenden Fichtenast, ein nackter Frauenrücken zu erkennen. Und der auf dem Felsbrocken sitzende Wanderer bemerkte ein rhythmisches Auf und Ab; mehr noch, ein Herumgebärden eines Kopfes, die Haare aufgelöst, eine zerzauste Haartracht. Vom filmreifen, oder heute oft auch theater- und opernreifen Anblick, wurde er festgehalten. Zu hören war da nichts. Wildbachrauschen übertönte allfälliges Reden oder allenfalls Knurren, möglich wäre auch Schreien gewesen. Er verharrte, wegzusehen war ihm nicht mehr gegeben, zu gefangen war sein Blick, der wie gezwungen fixiert war auf die Auf- und Abbewegungen, eine Art Pumpen der Frau obenauf, deren porzellanweissen und zugegeben ansehnlichen Hintern sie ihm zustreckte. Unter ihr, mehr ahnend denn gewiss, ein Mann, musste es doch sein; nur eine abartige Form eines abstehenden Knies und Hände, am weissen Rückwärtigen, waren im Bild. Das Unternehmen dieser zwei, als Übung konnte man es nicht bezeichnen, auch Ungebührliches war es keinesfalls, war ihm nicht unbekannt, nur hier an dieser Stelle, auf nasser, zumindest feuchter Unterlage – nein, dieses würde er hier doch nicht veranstalten.

Keine Scham regte sich, Gewissensbisse kamen keine auf: Er verhielt sich ruhig, in konzentriertem Verhalten verbleibend, die Position eines wachen Jägers vielleicht nahm er ein, war weder erregt noch langweilte er sich. Ein Naturbild, ein Schauspiel, dessen Bühne die moosbedeckte Natur war. Lebendigeres war kaum vorstellbar; stürmisch, voller Wildheit zeigte es sich. Ihn überkam eine Vorstellung von Stetem, ein sich wieder und wieder wiederholendes Geschehnis, das zu verstehen, aber wohl nicht zu erklären war. Eine glückliche Verzauberung, die ein Dämon in Menschen zu wecken vermochte, sie einfing, immer und immer wieder, sie überwältigte, sie ansprang, sie bezwang, sie zu Wesen oder Geschöpfen der reinen Natur werden liess.

Die eigentliche Betrachtung löste sich vom bildlich Wahrnehmen. Unbeabsichtigtes Nachsinnen nahm allmählich und überraschend Besitz vom Staunenden. Wie Schatten, die ihm das weitere Hinschauen zu verwehren trachteten, überlagerte ungewollt die eine Vorstellung jetzt eine andere, ganz andere, frühere, vorzeitige könnte man meinen, und besetzte den Liebesplatz, den er eben im Gange war zu betrachten. Das Liebesnest tauschte die Protagonisten. Aufblitzend tauchten Bilder auf und versanken wieder; ein stetes Blosslegen und fast gleichzeitiges Verschwinden; Traumbilder, die sein Wahrnehmen und Schauen überstülpten und für den ruhenden Wanderer, jetzt ganz eingenommen und tief in sich versunken, wandelte sich diese Betrachtung mit aller Deutlichkeit zu wahrem Gelebten:

Vor langer Zeit musste dies Geschehnis sich zugetragen haben: Bildabläufe ohne Ziffern und Daten, mit Mühe benennbar, Raum und Zeit verwischend, begannen sein Sinnen zu besetzen. Vorerst auch nur zu erahnen, was ihm widerfuhr, machte ihm Mühe, eine Beengung der Brust verursachte ihm nicht Schmerzen, aber einen ungewohnten Druck. Er atmete tiefer, bewusster, schloss die Augen und bildhaftes Erscheinen deutete es nun klarer an, gestochen scharf jetzt. Er meinte, es geschehe eben in diesem Augenblick und er vermochte es zu benennen: Marie, Rogenmosers Einzige, liege eben auf diesem Moos-Liebesnest oben auf, über dem alten Zemp Sebastian …

Rogenmoser Hans-Sepp, das war der Vater der Marie, verlor seinen Hof mit allem, samt und sonders beim Kartenspiel. Zu jener Zeit war sie allerdings noch Schulmädchen. Dank dem Nachbarkinderschwatzen auf ihrem Schulweg durch diese Schlucht, von ihrer Mutter daheim – wenn diese niedergeschlagen jämmerlich heulte – und noch deutlicher durch das Verhalten ihres Vaters, seiner dumpfen Trägheit und seinem belastenden Schweigen, erfuhr sie, nein viel mehr erlebte sie das meiste; das trübe, unverständliche Vergangene. Aber darüber zu reden kam nicht infrage. Worte verschlimmerten nur unmässig das schon zu Belastende und Scham ob der Schande, die über sie gekommen war, ertrug nicht noch Erklärungen.

Marie aber hielt, beinahe zum Trotz, ihren Kopf hoch und ihr Kinn deutete klar an was sie wollte. Nicht nur assen sie kärgliche Kost; kärglich war ihr ganzes alltägliches Leben. Hausputz und Arbeiten im Garten zu verrichten wie auch im Stall die anfallenden Arbeiten zu erledigen, empfand sie als Geschenk. Nur

dabei gelang ihr das Verdrängen des belastenden Zu-
standes und nur bei langen Stunden abstumpfender
Tätigkeiten gelang ihr das Vergessen. *Ich weiss was es
heisst, alles zu verlieren*, meinte sie, dachte so und
antwortete derart den Fragenden gegenüber.

Zu Hause kam dieses Vorkommnis schon seit
Jahren nicht mehr zur Sprache; zu deutlich war die
Vergangenheit präsent und eine Zukunft besserer Zu-
stände weder vorstellbar noch bestand Aussicht auf
eine Änderung der Lebenssituation in absehbarer Zeit;
alles erklärte sich immerwährend nur durch Fühlen.

Marie, zerzaust und den bodenlangen Wollrock nass
und Lehm beschmutzt, trat unter die Hintertür zur Bäckerei in der Kirchgasse im Oberdorf. Sie brachte, wie
alle zwei, drei Tage Eier und heute zusätzlich einen
Kratten Blaubeeren. Wie gewohnt wurde sie von Liselotte, auch eine Rogenmoser, empfangen, eigentlich
erwartet. Beide waren sie Kameradinnen seit der ersten Schulklasse, mochten sich seit jeher und heute

Morgen, beim Inempfangnehmen der Eier und Beeren, lag ein dreipfündiger Laib Schwarzbrot bereit, als
Gegenwert; auch wie seit jeher.

»Was ist mit dir?«, erklang ein leiser Schrei von
Liselotte und gross die Augen aufgerissen, fuhr sie
fort: »Der Zemp? Der Alte? Ist gut.«

Marie erkannte aus tiefstem Inneren kommendes
Strahlen der Freundin, ihre Zuwendung war ihr Er-
leichterung.

Liselotte fuhr fort, jetzt sanfter: »Ist gut so.«

Zwischen beiden gab es nichts Weiteres hinzuzu-
fügen, nichts Diesbezügliches mehr zu besprechen.
Das Wissen, und nun ihr ganz alleiniges Geheimnis,
schmiedete sie zu untrennbaren Freundinnen.

Als Zemp dem Rogenmoser Hans-Sepp beim Kartenspiel zuerst das Vieh Stück um Stück abnahm – es begann mit einem Rind und endete mit dem einzigen
Pferd im Stall, doch zuallerletzt auch noch Hof und
Haus – war das ein Ereignis, das landauf, landab, in

jeder Familie Gesprächsthema war und Empörung auslöste; vielerorts herrschte eine Beklemmung, die das Sprechen darüber kaum möglich machte.

Zu jener Zeit überkam eine unsägliche Trauer die Rogenmosers, aber einen noch brennenderen Hass und eine tief eingepflügte Wut auf den alten Zemp. Nur durch Zusprechen des Dorfpfarrers beliess Zemp der Rogenmoserfamilie wenigstens das Hausrecht an ihrem ehemaligen Gut. Allerdings unter der Bedingung, dass der Hof für ihn ordnungsgemäss zu bestellen und dessen Ertrag an ihn abzuliefern sei. Fronarbeit leisten bedeutete dies, für Vater, Mutter und Marie.

Marie, war schon vor Sonnenaufgang, wie eh und je, auf dem Weg ins Dorf, um bei der Bäckerei Eier abzuliefern und Brot dafür erhalten. Durch den Steg zu gehen, für sie nichts Nennenswertes, war mehr als eine Gewohnheit und sie war sich gewiss, niemanden anzutreffen in der Frühe. Doch dieser Morgen war nicht wie üblich. Eigentlich weder gewollt noch ge-

wünscht, jedoch, muss man annehmen, in ihrem ge-
danklichen Plan nicht allzu ungelegen, sah sie ihn da-
herkommen, am gegenüberliegenden Hang, vom Dorf
her Schritt für Schritt aufsteigend, sich ihr nähernd,
lange bevor er sie gewahrte. Ein nicht ganz erklärli-
ches Erschrecken war an seinem brüsken Stehenblei-
ben und an seinem Augenausdruck zu erkennen. Aber
auf seinem Gesicht stellte sich unvermittelt sein allerorten so bekanntes, so gemeines, kicherndes Lachen
ein. Der mächtige Schnauz verzog sich in die Breite,
seine Lippen streckte er vor, die roten Äderchen an
den Wangen kamen zum Leuchten, die Kugelaugen
blitzten. Die Überraschung für Marie folgte umgehend, einen ganz kleinen Moment besetzte sie auch
Bange; der mächtig Selbstsichere verstellte ihr breit-
beinig den Weg, am tiefsten Punkt der Schlucht, am
einzigen Übergang des Wildbaches.

Marie, gewitzt und so verletzt, dass es ihr Ver-
gnügen bereitete sich auf ein solches Spielchen einzu-
lassen, richtete spitz und keck an Zemp die Frage:

»Schon unterwegs?« Ihr Erkennen der Veränderung seines Blickes bestärkte sie: Diese eine Begierde war schon dabei ihn zu übermannen.

Ein Hüsteln von ihm war nicht zu überhören, man könnte es ein Verlegenheitshüsteln nennen, und sogleich legte sie, kein langes Überlegen, den Kratten Beeren samt dem Eierkorb auf einem Stein ab, wendete sich ihm zu, forsch und verwirrt zugleich, hob frech ihren Rock an, setzte ein Strahlen auf, warf den Kopf in den Nacken und erkannte sogleich, wie ihm das Blut in die Wangen und vermutlich auch in die Lenden schoss.

Gar schnell riss er sie zu sich heran, hob sie auf, als wäre sie eine Feder, nicht eine sich wehrende Frau, und versuchte sie ins Moos zu legen. Ein wildes Ringen begann. Tobend und schnaufend, fluchend und Zorn geladen versuchte er sie zu bändigen und in sie einzudringen.

Ein verächtliches Lachen, hart und laut, war von Marie zu hören. Sie riss ihm den Hut vom Kopf, warf ihn ins Gebüsch und ebenso laut sagte sie: »Leg dich hin!«

Verwundert stutzte er, nur einen Augenblick, und kam der Aufforderung ungeschickt aber willig nach. Ein kicherndes Brüllen gab er von sich und mit verdrehten Augen riss er sich die Hosenträger von den Schultern und streckte die Arme nach ihr aus. Sie bestieg ihn – bestimmt, wütend, brutal und rammelig – bis er sich in ihr ergab.

Dann löste sie sich, erhob sich einer Sprungfeder gleich, nahm die beiden Körbe zur Hand, wortlos, kein Blicken hin zu ihm, und nahm auf der gegenüberliegenden Hangseite den Abstieg wieder auf, dem Dorf zu.

Zemp schrie ihr nach: »Das ist nicht das letzte Mal!«

Sie hörte die Worte, eines Besiegten meinte sie, und dachte: *Jetzt habe ich dich! Freu dich nicht zu früh!*

In dieser zerklüfteten Schlucht, am Chefibach war es geschehen. Marie gebar im Frühjahr einen gesunden Sohn, von Zemp gezeugt; das war ihr und Liselottes Geheimnis, das Gewicht bekam – je länger desto bedeutungsvoller.

»So Zemp, dein Sohn trägt deinen halben Namen; auf den Namen Sebastian habe ich ihn getauft.« Sie erkannte den trüben Schmerz in seinen Augen und nutzte die Gunst der Stunde: »Wenn du uns den Hof zurückgibst, ist unser Sohn dein.« Das waren gewiss keine Schmeichelworte und jedermann, vor allem die Frauen, betrachteten sie bewundernd; einige genossen offensichtlich diese nur kurze Szene.

Stattgefunden hatte der beiden erstes Aufeinandertreffen – seit dem Handel in der Schlucht, ein paar Monate nach der Geburt – an der ersten Kirchweih danach, im Unterdorf, fast zufällig könnte man annehmen. Aber wer glaubte Marie unternehme, was Zemp anbelange, etwas rein Absichtsloses, musste sich eines Besseren belehren lassen. Bei ihr gab es diesbezüglich nichts Zufälliges.

Dem Zemp, nun schon über sechzig, fehlte Nachkommenschaft. Und er besass mittlerweile drei Gehöfte: zwei auf der Sonnenseite des Gottschalkenbergs, zwar schon recht hoch gelegen, aber für Viehhaltung und Obstanbau gutes Land, und einen Hof in der Ebene mit Seeanstoss; hier betrieb er Schweinemast. Zemp, das wusste jedes Kind, war reich; ein Geldsack und gefürchtet; von Schmeichlern umschwärmt, aber von niemandem geliebt. Hinter seinem Rücken gedieh reichlich Stoff für böse Scherze und übles Verleumden war weit verbreitet. Kam ihm Diesbezügliches zu Ohren, und er vernahm mehr als ihm lieb war, wusste er sich zu wehren. Sei es durch geschicktes Überspielen oder er stopfte die Mäuler, entweder mit herben Drohungen, die er in Zirkulation zu setzen verstand, oder mit Geld.

Doch er war Vater, er hatte einen Sohn – von einem verdammten Weibe allerdings, nicht von seiner eigenen Frau, zum Teufel mit ihr, aber von einer, die ihn in drängende Zweifel verfallen liess, wie er sich zu ihr stellen sollte. Öffentlich und nur im Suff prahlte er oft und in letzter Zeit vermehrt, dass er einen Sohn habe, aber er verriet nie, dass die Mutter seines Sohnes die Marie Rogenmoser war.

In zunehmendem Masse besetzte ihn ein träges Denken, vermehrt über die Vorstellung des Erben, den er nun hatte. Auch in halbträumerischen Wachzuständen schwebten wiederholt Dunstbilder herum, zu Unschärfen neigend allerdings, von und um Marie, bei der er lag. Die andern Frauen, solche die er sich kaufte – sei es am Stierenmarkt in Zug oder am Viehmarkt in der March – waren Zemp keine Träumereien mehr wert. Seine eigene Frau hatte er schon seit Langem zugunsten Besserer aus dem Gedächtnis ausgemerzt. Eine wie Marie allerdings gab es keine Zweite, so war er sich mehr und mehr gewiss. Die Einbildungskraft, die ihm grösstenteils abhandenkam, verhinderte einen ihm gangbaren, mehr noch: ehrbaren Weg zu finden, wie er den Sohn zu sich nehmen könnte. Das hielt ihn aber wachsam und auf alles gefasst, was Marie betraf; ihr gegenüber war er gewarnt, was ihn nur noch vermehrt in Verunsicherung trieb: Marie mit dem Pfand in der Hand, das Zemp jedoch keine schlaflosen Nächte bereitete; nein, das dann doch nicht; aber es bohrte und nagte an ihm, vielleicht wie ein Biber an einem Stamm, den zu fällen er sich vornahm, aber des harten Holzes oder des Umfangs wegen nicht zu einem Ende kommen konnte. Die eigentümlichsten Vorstellungen besetzten sein Sinnen, doch schlussendlich drehte sich alles um die Tatsache, dass ein Erbe da sei, aber nicht Erbe seiner Güter werden könne. *Man weiss ja nie wie lange es mit mir noch geht.* Ein tief in seinen Sturkopf hineingetriebenes Grübeln darüber verliess ihn kaum mehr.

Ein zuerst scheues, später wiederholtes, verstärktes Drängen vom Vater, mehr Wunsch denn Hoffnung allerdings, kam auf Marie zu: *Sag's dem Zemp, der soll doch, der muss jetzt, der müsste nun endlich ...!*

Marie, nicht verzweifelt aber doch belastet der Worte des Vaters wegen, verstand seine ihn bedrückende Unruhe. Sie wusste jedoch auch: So wenig wie Zemp, so hatte auch ihr Vater nicht genügend Vorstellungsvermögen, wie es einzurichten sei Ungeordnetes zu ordnen, Ungebührliches zu glätten, Ungerechtes zu richten; wie der Zemp zu seinem leiblichen Sohn kommen und Vater Rogenmoser sein verspieltes Gut wiedererlangen konnten.

Klein Sebastian wuchs heran: ein freudiges Kind. Er wurde der strahlende Stolz Maries. Selbst zu einer reifen Schönheit herangewachsen wurde sie betrachtet, beäugt in der Kirche von der Männerseite herüber. Es zeigte sich allerdings, dass unartikulierte Kleinmütigkeit, vermissender Mut, mangelnder Schneid der Männer, um Marie zu werben, eine zu hohe Hürde waren. Irgendwie war sie den heiratswilligen Verehrern, heimlichen allerdings nur – sei es im Dorf oder im Tal – zu fern, zu eigen, eine zu starke Persönlichkeit. Und alle wussten es, denn jetzt war es längst nicht mehr ungesagt, wessen Kind sie zur Welt gebracht hatte. Und wer von den jungen Männern wollte sich schon mit Zemp anlegen, keiner wagte ihm in die Quere zu kommen.

Marie hatte Kraft und Einsicht genug zu warten. Den Entscheid hatte sie schon längst getroffen. Nicht Heiratsgedanken lagen im Vordergrund, das hatte Zeit, auch hätte sie auf Fragen diesbezüglich nicht antworten können, da war talauf- und talabwärts keiner auszumachen der ihr gefiel. Wusste sie doch, wie nur Mutterahnung so sicher sein konnte: Der kleine Sebastian, ihr Pfand, ihr Glück, ihr Sonnenschein würde es richten, was auch immer kommen mochte.

Dem Alten sah man das Älterwerden zusehends an, seine äussere Pflege liess mehr und mehr zu wünschen übrig; sein Sohn aber entwickelte sich prächtig. Ein stattlicher Bursche war er geworden, zum Herzeigen ein Mutterglück und wo sie nur konnte, trat sie mit ihm unter die Leute, vor allem wenn sie wusste oder ahnte, Zemp sei in der Nähe.

So auch an Fronleichnam, während der Prozession über Felder und von Kirche zu Kirche. Der Zemp war Himmelträger der Monstranz und Marie nahm wahr, dass der Alte sie beide mit starrer Miene, ein Gruss kam ihm nie über die Lippen, immer wieder im Auge hatte. Sie nahm auch zur Kenntnis, wie es um des Alten Gesundheit stand, die war rissig geworden, und ihrer Berechnung nach würde die Frucht all ihrer Wünsche ihr bald in den Schoss fallen. Sie musste nur geduldig warten können.

Unverhofft verstarb Vater Rogenmoser. Im Herbst, im Jahr, als Sebastian den zehnten Geburtstag feierte. Im Holz zog er sich eine schlimme Wunde zu. Mit der Axt, die ihm beim Abasten entglitt, ihm in den Unterschenkel schlug und das Schienbein zertrümmerte. Da er alleine im Wald arbeitete, blieb er liegen; niemand vernahm sein Rufen. Als die Nacht eintrat und er nicht zeitig nach Hause kehrte, schickte Mutter nach ihm aus und Männer der Nachbarschaft fanden den Rogenmoser beinahe verblutet vor. Davon erholte er sich nicht mehr.

Und zur selben Zeit, beim Herbstschiessen der Jugend des Dorfes, erhielt Sebastian, zu einem geschickten Jungen herangereift, einen ersten Preis; eigentlich nur einen Briefumschlag, doch mit dem Hinweis darin enthalten, er hätte ein Kaninchen gewonnen: Bei Zemp im Hof Gubel sei der Preis in Empfang zu nehmen.

Da war es nun, was eigentlich schon längst hätte eintreten sollen: Vater und Sohn Aug in Aug gegenüber; er alt, der Sebastian kein Kleinkind mehr. Was würde geschehen? Was würde ausgesprochen werden? Was würde ungesagt bleiben?

Marie liess ihren Sohn ziehen, nein unterstrich vielmehr: »Geh, schenken tun wir ihm nichts!«

Als der Junge bei Zemp auf dem Hof Gubel eintraf, empfing ihn Frau Zemp: der Alte sei im Bett, läge im Fieber. So ging Frau Zemp mit Sebastian in den Hinterhof zu den Kaninchenställen und liess ihn auswählen. Ein prächtiger Schweizer Schecke gefiel ihm und er durfte ihn zu sich nehmen.

In dem Augenblick hörten sie heiseres Rufen, einem Rehbellen nicht unähnlich, vom Hause herüber und sahen im oberen Stock, an einem aufgerissenen Fenster, den alten Zemp stehen, die Hände erhoben und Sebastian zu sich rufen. So kam es – kein Filmregisseur hätte mit so spärlichen Gesten diese Szene zu drehen gewagt – zum ersten Zusammentreffen desselben Blutes.

Der alte Zemp erwartete den jungen Schützen auf der Türschwelle zum Eingang des Hauses, in knöchellangem Barchent-Hemd, den zerquetschten Hut auf dem Schädel. Mit rot unterlaufenen Augen, schweren Tränensäcken, mit geöffnetem Mund und einer merkwürdigen Neugierde, die seine Kugelaugen noch runder erscheinen liess, schaute er dem Jungen zu, der den Preis-Hasen auf dem Arm seelenruhig kraulte und streichelte.

Der Alte zögerte keinen Moment, fuhr mit der Hand über des jungen Sebastians Kopf, griff in sein Haar, nicht zitterig, sondern fest und bestimmt und sagte: »Hast eine Schöne erwischt, die ist trächtig, wird bald Junge haben.« Er keuchte, sagte mit belegter Zunge nach einer Atempause: »Grüss mir deine Mutter.« Dann stapfte er in seinen Pantoffeln davon und verschwand im Dunkeln des Flurs; einem Gespenst gleich, dachte der verwunderte Beschenkte, drückte seinen Schützenpreis nur noch enger an sich und machte sich auf den Weg, bergauf, heim zu.

Als Sebastian zu Hause eintraf, war die ernste und eigentlich zu überstürzte Frage seiner Mutter: »Was hat er gesagt?«

Sebastian richtete ihr den Gruss von Zemp aus, in abgeklärter Ruhe. Er sagte es nicht, war aber immer noch eingenommen vom Bild des Kranken der, musste er wirklich annehmen, sein Vater sein sollte?

»Mein Preis wird sich bald vermehren!«, sagte er zur Mutter, dabei erhellte ein lockeres Lächeln sein Gesicht und er zeigte seine gesteigerte Selbstsicherheit und eine nicht mindere Zufriedenheit. Die innere Spannung, über die Jahre stetig im Wachsen begriffen und in ihm latent vorhanden, war im Begriff sich zu lösen. Wer sein Vater sei, warum er ohne Vater um ihn aufwachse, war wohl öfters angedeutet worden im Laufe der Zeit, doch ihm nie so recht ins Bewusstsein gelangt. Da war ja ein Vater im Haus bis anhin, so wurde dieser doch gerufen, jetzt war er aber gestorben. Er hatte schon ab und an zu hören bekommen, der Zemp sei sein eigentlicher Vater; nur Geschwätz, nur verleumderisches Umherreden, meinte er. Anerkennung wurde ihm nicht vorenthalten. Liebe bekam er reichlich von den Rogenmoserfrauen, so schien es, als fehle ihm nichts, nicht einmal ein Vater.

Aber dem Alten mangelte fehlte er, sein Sohn, mehr denn je. Es wurmte Zemp zutiefst, in seinem Innern brodelte es, dass das Entscheidende im Leben für sein Verständnis sei, wer seine Güter erben sollte. Immer wieder aufkommendes Fragen schwächte seinen Zustand eher und die Schwäche und das Fieber blieben ihm noch Tage erhalten. Sein *Ein Arzt kommt mir nicht ins Haus!* war nicht angetan, eine raschere Heilung einzuleiten, doch nur mit dumpfer, im hintersten Hinterkopf wirrer Überlegungen erlaubte er seiner Frau, Wickel aus Brennnesselsud, in Tücher geschlagen, ihm auf die Brust zu legen.

Zum ersten Mal hatte er seinen leibhaftigen Sohn berührt. *Er ist es!* Mit einem Staunen, unsichtbar jedoch für seine Frau, für Zweifel war kein Raum mehr: *Er ist es!* – und er liebte. Etwas, das er seit ewigen Zeiten nicht mehr kannte, fast glaubte, es gäbe dieses Lieben eigentlich gar nicht; diesen Jungen, diesen starken, kraushaarigen ... *Er hat meine Knochen!*, beteuerte er wiederholte Male zu sich selbst – und ergab sich wieder dem Schlaf, den obskuren Träumereien, sah den Sohn schon als Vorsteher seiner Güter.

Erwacht, jetzt im Schweiss, wusste er: *Der muss in die höhere Schule, der muss studieren.* Und es wurde ihm mulmig; den Gaumen ausgetrocknet entschied er: *Dafür muss ich sorgen.* Das waren alles nebulöse, nicht festzuzurrende Gedanken – zu einem klaren Denken reichte es bei Weitem nicht. So lag er apathisch, zur Untätigkeit gezwungen im schweissfeuchten Bettbezug, der an den abgemagerten Beinen klebte und ihm Ärgernis und zuwider war.

Der Steg zum Dorf, den Marie jeden zweiten, dritten Tag zu gehen hatte, bedeutete stetige Erinnerung des Geschehens; der Zeugung ihres Sohnes, des Ortes, wo der alte Zemp seine Schwäche und gleichzeitig seine bullige Stärke offenbarte, eigentlich seine wahre Seite zeigte. Ihren anfänglichen Zweifeln, doch zunehmender Verschlagenheit und aufkommender Berechnung zum Trotz, blieb sie frohgemut und stolz auf ihre Tat.

Sie würde den Hof zurückholen, den nur als ein Höf-
lein zu bezeichnen eigentlich angemessener wäre:
sechs Häupter Vieh, eine Muttersau, Hühner, ein
Hausgarten und Wald an steilster Stelle am Gottschalkenberg war alles, was das Verlorene, Verspielte aus-
machte.

Die Zeit reifte jeden Tag näher heran, und nun
entschied sie sich zum entscheidenden Schritt. Sie
schrieb den Brief, der Wort für Wort in ihr schon
längst feststand, in kurzen Sätzen nieder und legte ihn,
nachts, im Gubel in den Briefkasten von Zemp.

Der erschien, er war wieder auf den Beinen, Tage später, sichtlich erregt, den Hut in der Hand, das Gilet
geöffnet, die schwere Uhrkette über dem Hemd am
Bauch hängend, mit dem Taschentuch die Stirne
trocknend unter der Tür bei Rogenmosers: »Tag Marie«, so sein morgendlicher Gruss.

»Hast du dich entschieden? Antworte!«, fiel Marie ihn an.

»Kannst alles haben, hier, alles schwarz auf weiss, vom Notar Züger aufgesetzt und unterschrieben.« Dann zog er aus der Innentasche, ein leichtes Zittern der Hand wurde von ihr bemerkt, einen gelben Briefumschlag hervor und überreichte ihn Marie.

Bedächtig, nicht zögernd – es schien, er sei immer noch auf der Hut, aber sie glaubte ein zufriedenes Strahlen zu bemerken, das er versuchte vor ihr zu unterdrücken –, schaute er ihr in die Augen, fast beschämend untertänig, und nickte wiederholte Male. Die aufgeheiterten Gesichtszüge, drückten Zufriedenheit, vielleicht über einen inneren Sieg aus, den er errungen hatte. Er trat einen Schritt zurück und sagte, eher zu laut als zu bestimmt betonend: »Du bist die richtige Mutter für meinen Sohn.« Er nickte weiterhin, ein leichtes, aber doch eher nebliges Strahlen war schon erkennbar, und schwer auf den Stock gestützt im Rückwärtsgehen wendete er sich ab und zog talwärts davon.

Marie hielt überglücklich in Händen, was sie von Zemp verlangt hatte, drückte den Umschlag an ihr Herz, rief Sebastian und drückte sodann ihn an ihr Herz: »Du bist jetzt mein Meister!« Helles, wiederholtes Auflachen war nicht mehr zurückzuhalten, Tränen füllten ihre Augen und ein erleichterndes Schluchzen überkam sie.

Gegenüber, unter der Tanne auf dem Liebesmoosbett, die eigentliche vorherrschende Tätigkeit beendet, erhob sich die Frau. Der Wanderer sah ein wiederholtes von sich Werfen von Papiertaschentuchbällchen. Nun erblickte er auch den Mann, zum ersten Mal, stehend, die Hose hochziehend, ein sich Sammeln und sich Umsehen, ein Vergewissern war es. Ihm blieb, seine Utensilien zusammenzuraffen und noch eine Fototasche umzuhängen. Bei ihr, schien ihm – dem heimlichen Betrachter, oder war er Bewunderer? – sei ein Siegeslächeln zu erkennen. Zwei Worte wechselten die beiden noch, zu verstehen war nach wie vor nicht das Geringste. Und dann machten sie sich Händchen haltend auf den Weg ins Tal dem Dorf zu. Zurückgeblieben waren, wie Schneebälle, die Papiertaschentuchbällchen auf dem tiefgrünen Moosplatz.

Des Wanderers Kreuz begann zu schmerzen. Er griff in den Bach, entnahm eine Handvoll Sand – sein Blick noch entfernt, abwesend – liess ihn durch seine Finger rinnen, richtete sich auf, entspannte den Rücken, bückte sich, legte die Hände ins Wasser und rieb sie sauber.

Vor ihm stand ein Baumstrunk, abgeknickt durch Unwetter, von Augenhöhe an aufwärts überwachsen mit silbergrauen Flechten, und gleich unter diesem ein Damm aus Ruten, Stecken, Steinen und Lehm, was er vorhin beim sich Niedersetzen nicht bemerkt hatte. Das Liebespaar, jetzt aus seinem Blickfeld entschwunden, war Grund genug, sich auch auf den Weg zu machen.

Im Dorf angelangt, klemmte unter dem Scheibenwischer seines seit dem frühen Morgen dort parkierten Autos, ein Bussenzettel der Ortspolizei. Ein Fluchwort entwischte ihm und wie er sich umsah, erblickte er das Paar, noch Hand in Hand vor einem Schaufenster stehen, das Fahrräder, Spielsachen und Kinderwagen in der Auslage darbot.

Der aufgebrachte Wanderer suchte umgehend den Dorfpolizeiposten auf. Der glich einem Verkaufsladen, umgebaut, nun bestimmt zum Einziehen von Parkbussen, und war besetzt vom zuständigen Beamten, in Uniform und Ledergeschirr, vielleicht war es auch nur Plastik, mit Schlagstock und Pistole.

Der riet, den Betrag umgehend zu begleichen, allenfalls das Bussgeld über die Postzahlstelle zu überweisen sei, dann jedoch mit Zuschlag.

Seiner Verärgerung Ausdruck gebend sagte der Gebüsste, unfreundlich, mit einem solch hohen Betrag fliege man heute von Zürich nach London.

Da erwiderte der Polizeibeamte mit einigem Ernst und ohne ein Lächeln: »Aber nicht zu uns hinauf, wir haben hier keinen Flugplatz.«

»Ihnen fehlt Konkurrenz!«, murmelte der Wanderer, wollte den Einwand nochmals verstärken, meinte zu sich selbst: *Räuber, moderne Beutelabschneider sind sie*, erkannte aber die Zwecklosigkeit einer derartigen Äusserung und ging auf den Ausgang zu.

Der Polizist bemühte sich Freundlichkeit zu heucheln, hielt dem Gebüssten die Empfangsbestätigung hin und wünschte: »Guten Tag und auf Wiedersehen.«

Der mehr als enttäuschte Wanderer, schon unter der Tür, sprach den Beamten nochmals an und fragte ihn: »Kennen sie einen Zemp Sebastian?«

»Einen Zemp Sebastian? Nein, eigentlich nicht. Doch einen Zemp Severin, vom Gubel. Meinen sie den?«

»Guten Tag«, so kam es vom Gebüssten jetzt versöhnlicher. Er war sich nun gewiss, dass die Wanderung am Gottschalkenberg es doch war, die den Tag zu einem befriedigenden Ende brachte und Träumen nachzugehen sollte doch erlaubt sein.

FSC
www.fsc.org
MIX
Papier | Fördert
gute Waldnutzung
FSC® C083411

Zeitfracht Medien GmbH
Ferdinand-Jühlke-Straße 7
99095 Erfurt, Deutschland
produktsicherheit@kolibri360.de